こうた、もどっておいで

時を経て、二〇二〇

柳田節子 YANAGIDA Setsuko

文芸社

もくじ

こうた、もどっておいで

時を経て、二〇二〇

幸多《こうた》の家へ

夢の中で、力の限り足を運んでもなかなか前へ進まない、そんな思いを現実にしながら私は走り続けた。足がもつれることに苛立《いらだ》ちながらも懸命に走ろうとし続けた。でも、走れない。今にも四《よ》つん這《ば》いになってしまいそうだった。

心の中には幸多のあの屈託《くったく》のない笑顔が広がっている。私は、今朝、連絡を受けて、慌てて幸多の自宅に向かっている。幸多の家は、学校から遠くはなかったが、男の足でどんなに急いでも十分はかかる。かなり慌てて学校を飛び出してきた。なぜ自転車に乗らなかったのだろうと、ふと頭によぎった。そして、同時にいつも優しい笑顔を幸多に向けていた母親の顔も思い出される。なぜ、どうして、と私の頭の中にはいろいろな疑問が錯綜《さくそう》する。

しかし、こうなることもこれまでは無意識下にはあったようにも思う。いや、幸多の家だけではなく、どこの家にも起こり得て不思議はなかったのかもしれないと思う。いつもそれぞれの母親たちは、冗談の一つとして、「この子がいなかったらね」と言っていた。明らかにそれは冗談であったはずだ。和《なご》やかな会話の中のさりげない軽口だった。でも、よくよく思い返してみれば、その冗談や軽口には真実があったのだ。

直感的には、私にもそれはわかっていたはずだ。けれど、あくまでもそれは冗談なのだから、と敢《あ》えて私は深く詮索《せんさく》することもなかった。日常の一コマの会話だけだったはずだ……。それは、私に救いを求める語りかけだったのかもしれない。教師である私に、母親の気持ちを受け止めてほしいという、そんな思いが込められていたのかもしれない。

いまさらそんなことを考えても遅いが、そんなことを耳にした時に、なぜ一言母親たちにそれなりの言葉をかけてやれなかったのだろう。言葉をかけられなかったのだから、この私はいったい何を幸多に教え、何を幸多の両親に導いてきたのか。今度は、自分の非力さにあきれ、非常に強い自己嫌悪に陥《おちい》った。言いしれない自己嫌悪の感情が私の頭の中でガンガンと音をたてて湧き上がってきていた。神を信じる者ならば、ああ、神様助けてください、ときっとこういう時に祈るのだろう。

私は、さまざまに頭の中を駆けめぐる思いの中で、幸多の家に着いた。家じゅうの窓にカーテンが引かれていた。すでに、日が高く、頭上には春の青空が一面に広がっていた。

こんな素晴らしい青空があるのに、どうして幸多の母はこの青空が見られなかったのか。きっと、四季に咲く花も、その美しさも、可憐《かれん》さも幸多の母の目には映っていなかったことだろう。木々の色とりどりの装いも、自然の風の流れも、その身には感じられることもなかったんだろう。すべては、幸多一色だったに違いない。自分自身の母としての幸多に対する思いだけであったに違いない。でも、それでも感情が理性を超えるとは微塵《みじん》も思いはしなかった。

私は、幸多の家の前に来てまでも、あの幸多の母がなぜ……という疑問が消えることはなかった。なぜ、感情が理性を超えることになってしまったのか、どうしても解《げ》せない、私の頭の中では理不尽な思考が音を立ててうなり続けている。

玄関は閉まっている。どの窓もしっかりカーテンが閉められている。もう、この幸多の家や周囲で何があったかを知るすべもなく、あたりはいつもの様子に戻っていた。

どこからどうやって尋ねればいいのか。まるで、初めて幸多に会った時のように途方《とほう》に暮れた。あいかわらず頭の中で、さまざまな思いがぶつかるその音は、その後の行動を抑制するほどにますます大きくなっていった。

初めて私が幸多に出会ったのは三年前のことだった。幸多が小学校に入るという直前に私のところに来た。

「はじめまして」と私の前に頭を下げた幸多の母は、声は小さめだったがはっきりした物言いで、こざっぱりとした身なりだった。年齢の割には少し老《ふ》けて見えたし、目に力がないように感じたことを覚えている。

私と話をしている間じゅう、幸多の母は、幸多から決して視線を外すことはなかった。終始目で幸多の姿を追っていた。幸多は、水を得た魚のように指導室の中を走り回り、目につくおもちゃを片《かた》っ端《ぱし》から引っ張り出していた。その時の母親の目は、走ってはいけない、いたずらをしてはいけない、という制止の色合いの濃い目だった。感受性の強い幸多には、その母の目の力ですべてがわかっていたのだと思う。しかし、その時にはいけないと止められることがないとわかって、それからの幸多の目の輝きがとても生き生きしたことは今も鮮明に思い出される。

声をかけられるようなところはないか探そうと、私は足をやっと運びながら幸多の家の周囲を何度か行ったり来たりした。何度目かのその時、中から少しだけカーテンが開いて、父親の顔が見えた。父親のほうでも驚いてはっとした顔をしたようだったが、一礼するとカーテンが閉まって玄関のほうで音がした。

「……」

父親は無言のまま、中に入るように私に頭を下げ、玄関のドアを大きく開けた。

幸多の父親と最後に顔を合わせたのは、半年くらい前だったか。幸多が指導室のガラスを割ってしまった時に、父親と母親とそろって謝罪に来た。あれが最後だった。

私も何を言ってよいものかわからないまま、同じように黙って父親の意志に従った。

幸多の父親の話

幸多の家は小さな一軒家だった。家の一階は、台所と八畳くらいのリビングだけだった。母親と幸多の二人暮らしを象徴するかのように、大小のテディベアが並べて部屋の隅《すみ》に置かれていた。父親の匂《にお》いの全くしないそのリビングに通された。

「申し訳ありません」

まず父親が私に謝った。私は、まだ何も言えなかった。本当はそれくらいに私は動転していたし、頭の中の音が大きすぎて父親が何を言ったのかとっさにわからなかった。しかし、父親は、特に何か重大な事件があった後とは思えないくらいに沈着し、冷静なように見えた。

「もう、あれは警察のほうに留置されていますから……」

父親は、自分の妻のことをそう説明し、唐突に話し始めた。

「私が悪かったんでしょう。あれと幸多を置いて家を出なければ、こんなことにはならずに済んだのかもしれないと、いまさら思っているんですよ。だけど、他に方法はなかったんです。男親っていうのは本当に情けないものですね。自分がこの現実から逃げることだけを考えていたのです。

だけど、幸多はかわいかったですよ。幸多は、生まれた時も本当にかわいい赤《あか》ん坊《ぼう》でした。初めての子だったし、男の子だったので、あれも本当に嬉《うれ》しかったようです。あれは、女の子がほしいと言っていた私とは反対に、男の子がいいと言っていましたから……。でも……いや、だからかなぁ、あれのほうが先に気がつきました。女の子だったらこんなことにはならなかったかもしれないと思いますけど……。

あれはやっぱり母親だったんですねぇ。父親には何もおかしいところなんてわからなかったですから。あれが、『パパ、幸多って目が合わないみたい』と何度か言ったんですけどね、『赤ん坊が目を合わせるもんか』って馬鹿なことを言って返したんです。『おっぱいをあげていても、あまりごくごく飲まないみたい。すぐ気が散ってしまうような気がする』と何度も言っていました。でも、まだ生まれたばかりの赤ん坊が、おっぱいを飲みながら気が散るなんてこと、私には理解できなかった。赤ん坊なんていうのは、母親の乳房《ちぶさ》にくっついていても、目をつぶっているだけだと、私は思っていたんです。そうじゃないですか？　誰がそんなこと……これまで考えてもいなかったし……でも、赤ん坊っていうのは母親の目を見ながらおっぱいを飲むんだそうですねぇ。でも、幸多はそうではなかった。実際にあれの言うとおりだったんだろうし、あれもその時には気がついていたんですね。

で、私はその後もずっと、幸多についてあれこれと細かいこと言って私に泣きついてくるあれに、嫌気《いやけ》がさしていたんです。『そんなことくらい、母親がなんとかしろ』と思っていたんです。『そんなことくらい』って、私はこれまでもずうっと思っていました。本当に『そんなこと』って……。だって、男の子なんだから走り回るだろうし、ちょろちょろするだろうって。言葉が出ないって言ったって、やだ、だめ、とは言っているんだから……大げさに騒ぎすぎているといつも思っていました。

おかしいから病院へ連れて行くだの、相談所に行くだのって言っていましたが、それも母親が満足すればそれでいいと、黙って見ていました。でも、あれが一緒に行ってくれと言う時には、行きたくない思いを我慢《がまん》してついて行ったこともありますよ。だけど、実際、そんな場所へは行きたくなかったんです。私は、幸多が何か病気を持っているなんて思いたくなかったし、幸多はごく普通の男の子だと思いたかったんですよ。

あれがおかしい、おかしいとあんまり言うもんだから、もしかしたらと思ったこともありますが、でも、幸多はミニカーが好きで、それで遊んでいたし、犬や猫も追いかけまわしたりして、笑いながら遊んでいましたから……。友達と遊ぶということはなかったように思いますが……そういえば、キャッチボールとかサッカーとか、私にやろうと言ってきたこともなかったなぁ。だけどね、いつも一人で楽しそうに笑いながら遊んでいましたから……。本当に楽しそうに遊んでいたんです。一人で遊ぶことが楽しかったんだと思います。

病院には検査に行くわけですが、いろいろな子がいるじゃないですか。私は、『もし何か病気があっても幸多はそこまでじゃない』と心の中で比べて安心していました。そこで比べることでしか、私は幸多を認めることができなかったんです。相談所というところに行っても、たくさんの子がやはり親と一緒に来ていて、私は自分の子がその中に入っていることが許せなかったんです。『なんで俺の子が……なんで俺の子なんだ……』って思うととても胸が苦しくなって、あれに黙ってその場を離れたこともあります。

私も、自分の小さい頃と重ね合わせて考えると、幸多がなんだか少し違っているような気がしていました。あれが私に何か訴えてくるたびに、『男の子なんだから』と言って取り合っていませんでしたが、本当は私の心の中で私自身への慰《なぐさ》めというか、自分の幸多への思いを打ち消していたんだと思います。

実際の幸多は、言葉で言っても言い聞かせることができないとは何かにつけ思っていました。聞き分けのない子だとも思っていたし、それは母親が甘やかしているせいだと本心から思っていました。けれど、学校に入ってからは、だんだん幸多のことも現実として受け入れなくてはいけない場面が多くなってきて、私は逃げたくなったんです。いや……逃げたんですけどね……。

私はあれと幸多から逃げたんです。もっと、楽しい家庭というものを私は想像していたんです。外で疲れて帰って、家に入ると幸多の奇声とあれの罵声《ばせい》が飛び交っているんですよ。それで、私は一度、開けた玄関のドアを、中に入らずに、また、閉めたんです。あの時、私は、あれと幸多を自分の手の中から離したんです。

その先に、こんなことが待っているとは想像もしていませんでした。『母親なんだから、なんとかするだろう』と、いえ、幸多のことですが、思っていたんです。なんとかしてくれたら帰ろうと思いました。私は、勤めから帰ったら、幸多が『お帰りなさい』って迎えに来てくれる、そんな場面しか想像していなかったんです。だって、そうなることは自然だし、普通のことでしょう。ごくごく普通の家庭の様子なのに、それがうちにはなかったんです」

私は、尋ねもしないのに一方的に語り始めた幸多の父親が、弁解するかのように話し続けるのをただ聞いていた。父親は『母親になんとかしてもらいたかった』ということを何度も繰り返した。何度も何度も繰り返した。私は、とてもやりきれない気持ちになった。

父親はなおも続けた。

「私が、悪かったんです。あれを一人で悩ませていたんですね。いっそのこと、私がやってやればよかった。そうすれば、あれは私を憎み続けるだけでよかったのに……。私は、父親の前に、あれの夫であったことも忘れていました。

母親はお腹《なか》を痛めて子どもを産むから、その場ですぐに母親の実感が出るんでしょう。でも、男っていうのは、なかなか父親という実感が出てこないもんですよね。子どもに、『パパ』とか『お父さん』とか呼んでもらったり、『抱っこして』ってせがんでこられたり、そんな細かいことを重ねながら、ああ父親になったんだなって感じていくものじゃないでしょうかね。それなのに、『お父さん』とも言ってもらえない、『抱っこして』どころじゃなく、『幸多』って呼ぼうものならキャーッて奇声をあげて逃げていくんじゃ、父親も何もあったもんじゃないですよ。

いつだったか、あれと一緒に自閉症の人の記録ビデオを見たことがあるんです、あれが借りてきたビデオだったんですが……そのビデオに登場している自閉症の青年の父親は、自閉症の息子が自分を拒否するので、それならこっちを振り返ってくれるように自分から息子に寄り添っていこうという態度で、習い事でも何でも父親自身の手で連れて歩いて、最後には自閉症の息子と同じ趣味を持って、共感できるようになったっていう話でした。私に望んでいたんですね、そんな父親の姿を。あれ一人の子ではないってこと、私も幸多の親だということを、自覚したかった。やっぱり、私がやってやればよかった。でも、幸多はどんな思いだったんだろうと思うと……」

唐突に、そして一気に父親は泣きだした。私がいることを忘れているかのように、文字どおりの男泣きの号泣《ごうきゅう》だった。私は、黙ってうつむいた。どうすることもできない、その感覚が全身を包んだかと思うと、私の口からも嗚咽《おえつ》がこぼれた。頭の中の大きな音が、一つ一つ涙になって私の目から流れ落ちていく。私の涙はなんだろう。私は、自分の感情の統制がもはや取れなかった。自分の感情が崩壊していた。

「父親として、あれにも息子にも何もしなかった。いまさらと思われるかもしれないが、逃げた私が悪かった。どうして、あれの言い分をもっと真剣に聞いてやれなかったかと、自分の人間の器《うつわ》の小ささに我ながら幻滅《げんめつ》しています。男なら、男親ならもっと二人を包み込むだけの器があってもよかったし、持つべきだった。

ビデオの中の父親は特別だと思っていた。『そこらへんの父親はそんなふうには決してしない』と、私は自信を持って思っていました。だけど、あのほうが普通の父親の思いだっていうこと、今はそう思います。私はあれが幸多の母親であるということを過信していたんですね。すべて『母親だから解決できるはずだ』と思い込んでいたようです。母親にだって、頼りたい人間が必要だったと、私は今、気がついたんです。

会社でも、飲み屋でも、結構子どものことが話題になることが多かったんですよ。その時、私は周りに嘘をついていたんです。息子が、走り回ってばかりいるとか、キーキーばっかり言っているなんてことは、口が裂けても言えなかった。同僚が、『うちの子はサッカーやろうってうるさくて……』なんて言えば、『うちもだよ……』と相づちを打ったりして、情けないことです。男親にも見栄《みえ》はあります。もしかしたら母親以上かもしれない。

……私は、この家に戻って、あれの帰ってくるのを待ってやります。あれは『もういやだ』と言うかもしれないけれど……。きっと顔も見たくないと思うでしょう。でも、私はあれが帰ってくるのを待っていますよ。この家で普通に生活しながら。会社も辞めません。全部わかっちゃったけど……でも、会社は辞めません。

私は、あれが幸多に最高の愛情を示したから、そのおかげでやっと今、幸多の父親になれたと思います。私も、バカですよね、まったく。とんだことをしてしまいました。もし、どこかに幸多を私たち夫婦に授《さず》けてくれたものがいるとしたら……ほら、よく言うそうじゃないですか、『この親ならこの子を育てられるからって授かったんだよ』って、私はこの言葉をあれから聞きましたが……だから、もし本当にそう思うものがあって、授けてくれたのなら、こんな結果も予期していたのでしょうね。……いや、そうじゃないな……こういう結果にならなければ、私は人の親になれなかったということなんでしょう。こういう結果を経験してでないと親にはなれないと。そういうことだったんです」

とうとう、私は、父親にその日は何も言えずに幸多の家を後にすることになってしまった。父親は、長い話をこうした吐露《とろ》で締めくくった。

「私の父親としての人生は、子どもがいなくなってからのこれからが始まりです。でも、もし、幸多を私たち夫婦に授けたものがあるとしたら、こんな結果をもって私を父親にするなんて……あまりに酷《こく》なことです……」

幸多の母親の話

私は、幸多の母に会えるようになったその日に面会をした。

「お世話になりました。私はいつも幸多に幸せになってほしいと思っていました。毎日、楽しく過ごしてくれたら何も言うことはないと思っていました。幸多は、赤ちゃんの頃から自分中心で……と言うよりは、自分だけしかいない世界に生きていたように思います。おっぱいを飲む時だって、別に私でなくてもよかったみたいだし、生まれたばかりの赤ちゃんのくせに、いつも遠いところを見て何かを考えているような感じでした。

この子はなんだろうと私はいつも思っていたんです。私も、子どもと直接接することは生まれて初めての経験でしたけど、それでもなんだか自分が思っていた感じとはずいぶんかけ離れていたように思いました。母や夫は、赤ちゃんなんてそんなものだと言い続けていましたが、私はどうも何かが違うんじゃないかと、初めて幸多を抱いた時からそう思い続けていました。何が何だかわからないけど、でも何かが違うんです。

生まれる前、お腹もだんだんに大きくなっていったし、ごくごく普通のマタニティライフを過ごしました。母親学級の仲間と赤ちゃんグッズを見たり、赤ちゃんのいる生活の、あのおっぱいの甘い匂いに包まれた、柔らかい日差しが射している場面を毎日想像していたんです。陣痛も人並みにあったし、実際に『ほら、頑張《がんば》って、頭がもう見えているわよ』っていう声も現実に分娩台《ぶんべんだい》の上で聞いていたのに、幸多を『はい』って看護師さんに手渡された時には、なんだか妙な気がしたんです。あれ、この子はどこから来たのかな……っていう感じで……。お腹が突然へっこんでほっとしたんですが、でもその後の感動がなかったんです。本当に、どこから来たのっていう思いで……。

幸多は、自然にその瞬間に交《か》わすお母さんと子どもの心情的なコミュニケーションがなかったんでしょうね。だから、なんだろう、この子っていう思いが瞬間的にしたんだと思います。それに、まだ新生児って言われる一か月の頃には、もう足をバタバタさせて、肌掛けを蹴っ飛ばしちゃうんです。何度も何度も、かけ直してやりました。

その時には、私はたくさんの育児書を読んでいましたので、もしかしたらこの子は『多動症』かもしれないと漠然《ばくぜん》と思いました。その頃は、まだ本当の意味の多動というものが何だかはわかっていませんでしたが、その字面《じづら》から多く動くっていうことで、単にそう思ったのですが……とにかく、首がすわらないうちから寝返りを打とうとしたりしていたんです。

『こうちゃん、寝返りは首がすわってからよ』なんて、冗談に何もわからない幸多に言ったりしていたんです。その美容体操の自転車こぎのような動作をしている幸多を見て、私も母も――あ、母というのは幸多のおばあちゃんです――本当に元気のいい子だねって言って笑っていたんです……。起きていることがすぐにわかるんです。だって、しゃかしゃかって足を動かすから、その衣擦《きぬず》れの音がするんですよ。決して、泣いて、私を呼ぶこともなかったんです。その衣擦れの音を聞いて、『あ、こうちゃん、おっきしたのん、おっぱいあげようか』っていつも私からそばに寄って行っていました。

それでも七か月頃にははいはいを始めたんですが、大好きなバナナに向かって勢いよく這ってきて、にこにこ顔でバナナをつかんだりして、それはかわいい子でした。

本当にかわいかった……どこかにきっと写真があるはずです。バナナを前にして、笑ってこっちを見ている写真が……。

八か月で歯も生え始めたし、その頃は本当にかわいくて、まだ、言葉の心配もなかったし、歩くにもまだ少し早かったし……あのあたりが一番平穏な日々だったんです。それに、なんて言ってもよく眠る子で、起きていても一人で何かして遊んでいて、まったく手がかからなかったし……。

歩き始めも少し遅かったんです。一歳三か月頃でした。でも、よちよち歩きがなくて、歩きだしたと思った第一歩から走っていました。それから走り続けています――もう『いました』って言わなくちゃ――自分の思った方向に走り続けました。どこでも、走って、走って……。誰の言うことも、何も耳に入らなくて、にこにこして走っていました。ぬいぐるみが大好きで、たくさん手にして、それで走るんです。もう、お店の人が『かわいい、かわいい』って言ってくれていました。それだけを見たら、本当にかわいいんです。にこにこしながら、ぬいぐるみを両手に二個ずつ抱えて走るんですから……。

ぬいぐるみだけじゃなくて、車も大好きで、ミニカーは段ボールに何箱もありました。スーパーへ行くと必ず欲しがって、買うまでは泣き叫《さけ》ぶんです。その騒ぎが収まらなくて……。よく駄々《だだ》をこねてお店で泣いている子がいるじゃないですか。でも、あれとは本質的に違うんです。どうやってなだめても収まらず、ますますエスカレートするんです。なだめるなんてことはできません。だって、親の言っていることが理解できないんですから……。

それに、雰囲気で『ダメ』と言われていることがわかるから、余計に泣き叫ぶんです。その場の自分の欲求だけですよね。もう動物と一緒だと思いました。本能だけというか……。それで、わずかの値段のミニカーですから、先に与えてしまったほうがいいんです。その後は泣き叫んだりしませんからね。持っているミニカーでも、欲しがったから……『おうちにあるでしょう』なんていう説得が通るわけなくて、だって、何を言っても理解してくれていなかったんですよ。もうそれと同じものを持っていても、そこあるそれがほしければ泣くんです。

ああいう子を持った親にしかその気持ちはわからないでしょうね。他人から見たら、単に甘やかしている親にしか見えないんでしょうから……。だから、みるみるミニカーがいっぱいになりました。

パトカーが特に好きで、いつかお花見に連れて行ったら、ミニパトが警備に来ていて停《と》まっていたんです。もう、他には目もくれないでそのミニパトを触りまくって、中を覗《のぞ》いたり、タイヤを手で撫《な》でたり、ミニパトの周りをぐるぐる回ったりで、桜どころじゃありませんでした。その様子を見ていたら、本当に私はおかしくなりそうでした。

幸多の好きなことは他にもあって――好きなことだったのかなぁ――丸いものが好きで、くるくる回るものが好きで、大好きなミニカーを逆《さか》さにして、タイヤをくるくるくるくる回していました。自分が乗っているバギーもひっくり返して、タイヤを回していましたっけ……。自分自身もその場でくるくる回ったりしていました。でも、不思議と目は回さなかったんですよ。ミニカーも、ひっくり返してタイヤを回すことや一列に並べることができるから、好きだったんでしょうね。本当に丸いものが好きだったし、目に留まるんでしょうね。

ある時、家の中をちょろちょろ落ち着きなく動き回っていたのに、パタッと立ち止まったんです。どうしたのかなって思って、幸多のそばに行ったんですが、今度はピタッと動かないんです。目も一点に止まっていて……。一体どうしたんだろう、そう思いながら、何を見ているのか、幸多の視線の先を追ったんです。そうしたら、丸いガス栓がありました。そんなところにそんなものがあるとは、私は全然知りませんでした。じっと見つめていて、小一時間くらい動かない時もありました。それからは、そこに行くと立ち止まって、そのガス栓をしばらく見つめて、それから次の行動をしたりしていました。

まだ、それは家の中だからそんなに私の心は痛まなかったんですが、その後、私は人前をかまわず泣いてしまったことがありました。買い物へ行こうと、幸多の手を引いて駅のほうへ歩いたんです。一つ目の角を曲がったら、そこに道路標識が倒れていたんです。車がぶつかったんでしょうか、その標識はきちんと立っていれば幸多の目には入らなかったんです。真ん丸なんですよ。それが半分に折れて目の前にあるんです。もうその場に座り込んで、その支柱が下のほうで折れて、標識の部分が地面にくっついている、そこへ顔がつかんばかりに見つめているんです。どんなに引っ張ったって動きません。引っ張ったり、抱っこしたりしようものなら、とてつもない大きな奇声を上げるんです。その時は、かなりの時間をそこに座り込んでいたと思います。周りの人は頭がおかしいんじゃないかと思いながら通っていたでしょう。

そんな状態が四歳頃まで続いていたんです。でも、ある日気がついたら、ミニカーには見向きもしなくなっていましたね。その頃には、あんなにひどかった『固執《こしつ》する』という部分が薄れたのかもしれません。とにかく、スーパーでミニカーを買い続けた頃は地獄でした。スーパーに行っても買い物なんてできなくて、うちはしばらく宅配を頼んでいました。スーパーのあのカートに乗ることができませんでしたから……。

車もあったのですが、車にも乗せてもらえなかったんです。運転席は、幸多にとっては父親が座るところで、私が運転席に座るとバタバタ暴れました。自分と私は後部座席と、幸多の中では決まっていたようでした。電車も、ドアが開くたびに降りたがって、先へなかなか行けませんでした。前抱きにしていた頃、よく座席を譲《ゆず》られましたが、座れませんでした。だって、幸多が嫌がって私を決して座らせませんでした。どんなにあいていても、ドアの前に立っていました。

実家へは、電車で駅が三つでしたが、わずか十分の時間、たった三つの駅を乗れませんでした。電車を降りてバスに乗るのですが、乗ってもやはり停留所ごとに降りたがって、そのバスだってわずか十分くらいのことです。でも、途中で降りてタクシーに乗り換えたりしたこともたびたびでした。いつかは、駅から自宅へ帰るバスの中で、案の定、幸多は停留所のたびに降りたがって泣き叫びました。見かねたんでしょうね、運転手さん、大丈夫ですかって言って、バスを停留所でもないのに道の端に停めてドアを開けたんです。降りろっていうことでしょう？　私は、ありがとうございますって言って、バスを降りました。満員ではなかったんですが、乗っていたお客さんたちは、私たちのことをじっと見ていましたよね。

新幹線に乗った時もね、席に座れないとまた幸多は騒ぐと思って、指定席をと思ったら取れなかったんですよ。それで、じゃあグリーン車でと思いました。グリーン車っていうのは、みんな静かにくつろいでいる車両だとは、その頃は全然気がつかなくて、座れば騒ぐ、立てば騒ぐで、どうしようもなかったんです。それでほとんど食堂車のデッキで過ごしていたんですけど、幸多も疲れて眠くなったので座席に戻りました。あと少しで東京だなと思って座りました。最後の駅の新横浜について、何人かが降りました。どこかのおじさんが――スーツを着たきちんとした感じの人でした――幸多の父親より少し年の多いくらいのおじさんが、私たちの脇の通路を通り過ぎる時に、『子どもを乗せるな、静かにしろ』と捨て台詞《ぜりふ》ですよ。ショックでしたね。まだ私も幸多に慣れていない頃だったし、なんでそんなことを降りる時に言うのよ、騒いでいる最中でうるさい時に言えばまだしも、なんで……と思うと気持ちが高ぶってきて、悔しくて涙も出なかったですよ。

その後もまだ事件は続いて、やっと東京に着いて、やれやれと幸多を抱いて、荷物を持ってコンコースを歩きだしたんですが、幸多が吐いたんです。幸多は赤ちゃんの時からとても吐きやすい子だったんです。ほんのちょっとのことでも、いつもゲーしていましたから……それが、この日は新幹線の中でうるさく声を出さないように、次から次へ食べさせていたんです。声を出せないように……口の中にものを入れていれば声が出せないですから……そのうえ疲れて、それで私に抱かれていたもんだから……吐く条件はそろっていたと思います。

幸多が吐きやすい子だということも、こんなに食べさせたら吐く、なんてことも、これっぽっちも頭の中にはなかったんですよね。とにかくおとなしくさせなくちゃという思いだけで。ちょうど時悪く、ラッシュの時間帯だったんです。五時半過ぎていたかな、手持ちのティッシュだけじゃとても足りなくて、旅行鞄《かばん》に入っていたタオルを全部使って、片付けたんです。脇を人がたくさん通り過ぎていたんですけど、誰一人として声をかけてくれる人もいなくて、半分眠っている幸多は下に下ろされてぐずってしがみついてくるし、もうあの時の状況を思い出すだけでも震えがきてしまいそうです。こんなことばかりでした。それ以来新幹線には乗っていません……。それからは車ばかりです。

ある日突然、運転席に私が座っても幸多は騒がなくなったんです。本当に突然ですが、私が運転しても平気になったんです。幸多は、いいことも悪いことも、突然変わるということがたびたびありました。それからは、移動が断然楽になりました。

新幹線の事件があった半年くらい前に、幸多は『自閉症』という診断を受けたんです。でも、夫も母もそんなことは絶対ないと言いきりました。夫も、『俺は、幸多の目を見ればわかる。幸多の目には輝きがある』と言っていました。

そんな夫と幸多と三人で公園に行った時、幸多はもちろんいつもの通り走り回っていました。ボールを一応は持って行ったんですけど、ボールをやりとりできる幸多ではありません。わかっていたんですが、なんとか父親とボールを使って遊んでもらいたいという気持ちがあったので、持って行ったんです。そうしたら、全く見ず知らずの男の子が、一人でボールを蹴《け》っていた夫のところに来て、一緒にやりたいと言ったらしく、夫はその知らない男の子とボールを蹴って遊びだしたんです。

その男の子は、背格好はちょうど幸多と同じくらいでした。多分、同じような年頃だったんじゃないかなと思います。その傍《かたわ》らを、幸多は二人の様子には目もくれずに走っているんです。夫も幸多を見もしない、せめて幸多に一緒にやろうと声をかけてほしかったのに……夫は何も言いませんでした。その時も、私は非常に気が滅入《めい》りました。夫の行動に腹が立つのは当然のことでしたが、幸多を見ると『おまえなんか消えてしまえ』と思わず声に出てしまいそうな気分でした。

このあたりが私の気持ちの限界ぎりぎりだったんだと思います。でも、その頃は手をかけようとはまだ思っていませんでした。まだ、幸多に本当に愛情を注いでいなかったのかもしれません。幸多は、サッカーやキャッチボールをするどころか、言葉も出ていませんでした。今こうして思い起こせば、自閉傾向的な行動はたくさんあったのですが、私は、その頃は言葉の他にはおかしいと感じてはいなかったので、これは集団に入れたら言葉が出るんだと思い込んでいました。

集団に入れたいと思ったのが、幸多が三歳の時でした。幼稚園の年少に入れようと思いました。近くの幼稚園に、手のかかる子も受け入れてくれるという評判のいい園があって、園長も話のわかる人だということを人づてに聞いて、面接に行きました。ところが、医者の診断書を持ってきてくれと言われて、その頃かかっていた国立病院の児童精神科というところで書いてもらいました。内容は、『集団に十分適応できるし、集団に入ることによって発達も促《うなが》される』というもので、幼稚園に入ることに対して、とても肯定的《こうてい》な診断書だったんです。でも、その園長は何度も私たちを呼んで、最後の時には『考えて連絡します』と言うのです。それは断りの口実《こうじつ》だと私にはわかりました。何度も何度も会って、話して、挙《あ》げ句《く》の果てには後日なんていうことに、さすがの私も嫌になりました。幸い、まだ年少だったから、もういいやと思って、『結構です』と、こちらからその場で断ってしまいました。だって、結局は断りの電話を待っているなんて私は我慢できないと思ったから……。

その少し前に、幸多がインフルエンザになって近所の小児科にかかったんですが、そこのお医者さんに『この子、専門の病院で見てもらったほうがいいよ』と言われて、紹介してくれたのが国立病院の児童精神科だったんです。それから本格的にあっちこっちの病院やいいと言われる療育《りょういく》機関を連れて回りました。私の心の中では、はじめに『自閉症』だと言われたことが大きくのしかかっていて、どうしても『正常です』

と、『自閉症ではありません』と言ってもらえる場所を探していたんです。とにかく、『重度の自閉症です。今の知能は一歳半しかありませんが、一生このままでしょうから、お母さん、覚悟してください』と言われたんです。でもね、その言葉に私は根拠はないけれど、幸多は自閉症じゃないという確信があったんです。だから、自閉症じゃないという病院を探したかったんです。自分の思いを本物にしてもらいたかったんです。

自閉症の専門の療育機関を歩きました。その近所の小児科から紹介された国立病院では、その時まだ二歳半くらいだったかなぁ……二歳では児童精神科は受診できないと言われたんですが、『自閉症と言われた』と告げたら診《み》てもらえることになったんです。国立病院に行った頃はぬいぐるみが好きな頃で、そのぬいぐるみを使って見立てごっこをしていたので、そこでは『自閉症ではない』と言われました。とてもよく話を聞いてくれるお医者さんで、そこへは一年半くらい通いました。何をしてくれるわけでもないのですが、親の私の話をたくさんたくさん聞いてくれました。幸多のことも優しい目で見てくれていました。

ああ、それで幼稚園のほうは、結局ひょんなことから、古い私の友人の紹介で、ちょっと遠かったんですけど小さな幼稚園を教えてもらって、そこに入りました。そこは教会付属の幼稚園でしたが、年少の子どもはうちの子を入れてたったの六人でした。先生たちも子どもたちも本当に親切に優しくしてくれて、私はそんなめぐり合わせに、心から感謝したものです。

でも、いいことばかりではありませんでした。ずっと、私も幸多と一緒に、お弁当を持って、一日を園で過ごしていました。あれは、クリスマスの行事で、降誕劇《こうたんげき》をした時でしたが、幸多が練習の邪魔《じゃま》をして、多分本番でも騒ぎを起こすだろうと踏んだのでしょうね、園長は、休んでくれと言ったんですよ。教会の牧師夫人でしたけどね。教会にとっては一大イベントですし、そこにはその日、町の名士や、他にも来賓《らいひん》が来るようでした。その日だけ休むのは私のプライドが許さなかったし、非常に悔しかったから、その前の日も含めて一週間休みました。幸多に無駄な練習や我慢をさせたくなかったし……。

そんなことはその後もずっと続きました。幼稚園だけでなくても、教会の日曜学校でも同じような目にずいぶんとあいました。教会なのに、なんでキリストの根本的な教えが守れず、わからないのかと、私はとうていクリスチャンを信じることはできませんでした。日曜学校の説教の時間も、幸多は座っていられなくて、幼稚園の滑《すべ》り台とかブランコに行って遊んでしまったりしたんですが、牧師は『うるさいから静かにしなさい』と平然と言うし、『静かにできなければ来ないでほしい』とも言われて……。

イエス・キリストは、幼子を間近に引き寄せた、というフレーズが聖書にあることを私は知っています。どうして、大人の都合のよい『いい子』だけが招き入れられるのでしょう。教会ってそういうところだったんですねぇ。私は、求めるものがあるから教会へ行ってみようと思って、行きました。クリスチャンという偶像《ぐうぞう》を信じたのかもしれません。そういえば、キリスト教では偶像崇拝も禁止でしたね……。それに信じるものは神様であって、人を拝んではいけないとも言っていましたっけ……。

幸多は、本当にかわいい子でした。それなのに毎日、どこへ行っても邪魔にされて、親の立場としては我が身を切り裂かれるほうがどんなに楽だったか。自分にも世間体《せけんてい》や見栄があって、どうしてもこの中途半端な幸多を『普通の子』に見せたくて、繕《つくろ》い続けていました。繕い続けて、繕っても繕っても、繕うそばからほつれてくるんです。『親のしつけの悪い子』でいてほしかった……『なんて甘やかしているんだ』って言われる、そんな『普通の子』であってほしかった。

あの日、幸多が疲れてぐっすり寝入っていて、本当にかわいい寝顔でした。昼間、たくさん走って、叫んで、泣いて、私に怒られて、叩《たた》かれて……でも、そんなことはすっかり忘れているように、とってもいい顔で、穏やかな顔で眠っていました。その寝顔を見ていたら……もう幸多……目を開けなくていいよ……って……もう目を開けないで……今、きっといい夢を見ているのだろうから……もう、いいよ……目を開けなくて……いいよ……いいよ……幸多……」

幸多の母は、苦悩の色の中で、顔を覆って嗚咽した。話は難しいものではなかった。けれども、その時の感情を思うと、もう察してあまりある思いだった。

幸多の母は、ひとしきり泣いた後、また続けた。

「幸多に、どうしてやったらよかったのでしょうか。もっと、一緒に苦しんで、悲しんで、いつか来るという喜びの日を迎えるべきだったんでしょうか。……でも、私は今の苦しみから逃《のが》れたい一心でした。幸多だって、眠り続けているほうが楽だし……それに何しろ幸多は私の子ですから……私のお腹から出てきた子ですから、また、私のお腹の中に戻したかったんです。

もう、幸多は誰にも邪魔にされず、嫌な思いもしないで、〝走るんじゃない〟と叱られることもなく、私の中でたくさんたくさん、自分の好きなだけ走っていいんです。私も笑って見ていられます。誰の目を気にすることもなく、ほほえましく、笑って見ていられるんです。もう時がどれだけたとうと、幸多は今のままのかわいい幸多で、ずっと私だけの世界にいられるんです。

私の……幸多の母として力いっぱいの愛情をかけてやれました。私は、もし地獄があるとしたら地獄に落ちてもいい。そんな覚悟はあります。走っているだけの幸多でも、おしゃべりしない幸多でも、泣き叫んでいても、今のかわいい幸多がずっと私の心の中に生きているんです。私のお腹の中に幸多は戻ってきたんです」

それまで泣いていたとは思えないくらいに、最後のほうは毅然《きぜん》と言った。幸多の母が、幸多を自らの手にかけたその気持ちを考えると、私にはもう想像を絶するところだった。母としての愛情と自信があってのことだろうと思う。

父親の逃げ腰とはうらはらに、母親としての感情的な、鋭い、敢然《かんぜん》とした愛情の裏付けなのかもしれないと思った。

児童相談所の頃の母親の友人の話

「幸多くんのこと……言葉はありません。幸多くんとうちの息子は同じ年で、児童相談所の親子教室の仲間でした。幸多くんと比べたら息子のほうがずっと重い自閉症です。何がお母さんに行動を起こさせたのかわかりませんが、でも、気持ちはわかるような気がします。うちの場合は、はっきりと『自閉症』だとわかりますし、学校も迷うことなく養護学校へ決めることができました。でも、幸多くんはちょっと頑張れば普通学級で大丈夫そうだったから、学校を決める時にも非常に悩んでいたようです。また、入学する時も、した後も、校長先生から呼び出しがたびたびあったようで、それも苦痛だったんではないでしょうか。

私は自閉症児の『親の会』に入って、同じような子を持つ親の友人もたくさんできましたし、自分の胸の内を話す相手も、理解してくれる相手もいました。でも、幸多くんのお母さんには、いなかったんでしょう。きっと私と話してもわかり合えなかったんだと思います。親子教室の頃は、子どもの状態も似たり寄ったりでしたが、だんだん歩いていている道が違ってきていて……。

私も少しは妬《ねた》みがあったんです。通常学級か心障学級かなんて悩んでいる彼女に対して、決して親身になって話を聞いていたとは言いきれません。ごく普通にお付き合いしているつもりでしたが、子どもの状態が私たちを分けていたんだと思います。でも、私から見れば、幸多くん自身はお母さんが悩むほど大変な子ではなかったと思います。確かに、一人でいることも多かったし、言葉も少なかったけれど、でも、普通学級で過ごせていたし、自分の意思は少なくとも言葉を通して伝えられていたんだから……。

でも、私も息子がはっきりした障害を持たない子だったら、やっぱり心理的に追いつめられるかなと思います。何が何だかわからないまま、普通かもしれない、障害かもしれない、どっちつかずでどちら側からも受け入れてもらえないというのは、心情的に追い詰められる大きな原因かもしれません」

母方の祖母の話

「あの子がこんなことをするなんて信じられません。幸多も不憫《ふびん》な子だと思います。私は幸多がごくごく普通の子だと思っていました。娘がいろいろなことを言ってきましたが、それは娘の育て方の問題だと考えていました。だから、『おまえの育て方が悪いんだ』と責めていました。娘の育て方が悪いわけじゃあなかったんですねぇ……ああいう幸多みたいな子もいるんですねぇ……幸多……一人しかいない孫だったのに……。

娘が戻ってきたら、今度は私が母親に戻って、もう一度娘を娘として暮らしていきます。あの子は、私の大切な一人娘ですから。これからはつらい思いをさせたくありません。娘が、我が子を手にかけるほどまでに思いつめていたことを、親の私は知らずにいて……かわいそうなことをしました。自分の子が死ぬほどつらい思いをしていると思うと、我が身に代えてやりたいと思うのが親です……。

幸多は、ばぁちゃん、ばぁちゃんって言って、人懐《ひとなつ》っこい子でしたから……確かにね、何を言っているのかわからないところもありましたよ。独り言を言ったり、目的もないのにうろうろしたりしていましたね。でも、ばぁちゃんのひいき目かもしれないけど、同じ年頃の男の子と比べて、それほど遜色《そんしょく》はなかったように思いますよ。だから、私は娘の育て方が悪かったんだろうって思っていたんです。

私は、昔の人間で、昔はいろんな子がいて、みんな一緒にいたから、いろんな子がいて当たり前だったし、だから、幸多もいろんな子の一人だとしか思えなかったんです。……でも、幸多は障害児、だったんですか……？」

小学校に入ってからの母親の友人の話

「幸多くんとうちの息子は同じようなタイプの子どもなんです。はっきり障害名のつかない子どもで、障害児という枠《わく》の中には入らないけど、でも、同じ年齢の子どもの集団に入ると、どこか違うことを感じさせる子どもでした。

小さい頃は、幸多くんは自閉傾向がけっこう強かったとは聞いていましたが、今は、そんなに自閉症を思わせるほどのこともなかったように思います。幸多くんも息子も、ちょっと頑張れば普通の子の集団にいられる子どもです。でも、普通の集団の中にいるからこそ、子どもの足りない部分が明確に浮き上がってもきます。だからって、そこをなんとか指導してもらえるということもなく、学校生活は親にとって精神的に厳しいものです。

はっきりと発達の方向性がわかれば、それなりの親の会とかにも入れて、それなりにいろいろな援助も受けられるのかもしれませんが、とにかく『どこがどうだ』というように言えないところがつらい部分です。まるで、真綿《まわた》で首を絞《し》められているような……。『蛇《へび》の生殺《なまごろ》し』という言葉がありますよね、まさしくあれだと思います。中途半端に中途半端だから、苦しいんです。

私たちが小学生や中学生の頃って、クラスにはいろいろな子がいたし、当然うちの息子や幸多くんのようなクラスメートもいました。でも、それを誰もなんとも言わなかった。勉強だって、できないことを、今のように目くじらを立てて何か言われるようなこともなかったし。

なんで息子のようなタイプの子は、行き場がなくなっちゃったんでしょうね。障害児学級に行ったら『普通すぎる』って言われ、普通学級に行けば『おかしいよ』って言われ……じゃあ、どこへ行けばいいのよって思わず叫びたくなりますよ。

私は、幸多くんのお母さんとはたくさんのことを話し続けてきたから、きっと悩んでいることはみんな聞いたんだろうなって漠然と思っていたんです。でも、本当の心の底には消化しきれていない部分があったんですね。吐き出したつもりでも、吐き出せていない、くすぶった部分があったっていうことですね。そこが爆発しちゃったんですね。

でも、息子も仲良くしてもらっていたんだし、あと少しだけ……もう少しでよかったから、話してほしかった。でも、人に話しても解決しない、自分自身の中の『こんなはずじゃなかった』っていう部分は拭《ぬぐ》いきれないのかもしれません。

私だって、息子がいなかったら、他のきょうだいだけだったらどんなに楽だったろうって思うことはたびたびです。やっぱり、幸多くんのお母さんの行動は、魔が差したっていう言葉が一番合うような気がします。

だって、誰よりも一番幸多くんを愛していたはずだから……」

父親の同僚の話

「知りませんでした。息子さんが……。けっこう子どもの話題も出ましたねぇ。彼が息子さんのことでグチを言うことは一度もなかったんじゃないかな。『男の子は手がかかる』くらいは言っていたような気がしますが……でも、会社でも結構競争が厳しいですしね、課長職というものもいわゆる中間管理職ですから、片時《かたとき》も気が抜けないところがあって、私生活に弱みがあるとどうしても仕事に出てしまいますから……。でも、本当は、もっとお互いに打ち解けた話をできるようなうまい付き合い方をすればいいのでしょうね。

そうですか……彼、家を出ていたんですね。私も家に帰って、女房や子どもがうるさく感じることもありますよ。子どものことは女房になんとかしてもらいたいという気は私にも確かにあります。だって、男は外で働いているんですからね。彼の気持ちは、無理もない話かもしれないですね。

男って、仕事以外での友人っていうのは、少ないですからね。会社がらみの人間関係では、今回のような、かなりプライバシーに立ち入った話というのは、なかなかしないですね。

あぁ、でも、隣の課には、ダウン症のお子さんがいるという人がいたなぁ。そういえば、あの人は、お子さんをこの間の会社のバーベキュー大会に連れてきていたね。あの時は、みんなの人気の的《まと》になっていたなぁ。おとなしくて、ニコニコしているんだ。みんなと一緒にフォークダンスをしたり、肉を焼いたりしていたよ。

彼もあんなふうに、オープンにしたらよかったのかな。でも、私は実際、ダウン症も自閉症もなんだかよくわからないから、そういうお子さんを持った親御《おやご》さんの気持ちっていうのは、わからないっていうのが本当のところかな。

でもね、普通の子だって大変だと思うよ。うちの息子も娘も、学校へ行かないわ、髪は染めるわ、夜は帰ってこないわで本当に嫌になるよ」

幸多の療育先の担当者の話

「幸多くんは、自閉症傾向をもつ軽度の発達遅滞児でした。でも、少しの援助があれば、通常学級で過ごせるお子さんで、身辺自立も確立していたし、運動面も社会面も支障なく過ごしていたと思います。言語面ではまだ年齢相当に達していないところもありましたが、日常的には不自由していなかったはずです。でも、お母さんがそれほどまでに思いつめていたことは、少しも知らずにいました……もっと話を聞いてあげればよかった……。

確かに、いつも学校から何か言われるのではないかということを気にかけていたようですし、世間体を気にしていたように思います。外を歩いていても、大声を上げたり、奇声を発したりしないかと、常に幸多くんを監視している様子でした。少しでも何か変わった行動をしないか、ヘンな子と思われないか、なんてことはいつも言っていました。

だけど、幸多くんのお母さんの話を聞いていると、けっこう前向きで、幸多くんをめいっぱい愛していらっしゃることがよくわかりました。

幸多くんには、たくさんの習い事をさせたいとも言っていましたし、それなりに習い事もしていました。けれど、生きていなければ何もできないじゃないですか。友達とみんなで遊ぶことが大好きだったし、音楽を聴けば本当に楽しそうだったし、ピアノもそれなりに上手に弾いていました。絵を描くことも好きでしたね。勉強だって、マンツーマンで教えると、けっこう理解していたし、時間をかければ十分理解できるお子さんでした。

幸多くんは、これから楽しいことも、もっともっとたくさん経験できたはずだし、素晴らしい人生が待っていたと思うのに、残念です。

幸多くんなら、お母さんが心配しなくても十分社会へ自立していけるお子さんでしょう。母親ならば誰もが自分の子どもには期待を寄せます。大きな期待を寄せても、子どもは親が思うようにはいかないものだと思います。障害があってもなくても、母の思いは同じだと思いますが、よくお話を聞く言語聴覚士の先生は、『お供《そな》え餅《もち》には、その大きさに合った頃合《ころあ》いのいいミカンを載《の》せましょう。下のお供え餅の大きさを考えて載せるミカンを考えないと、大きすぎても小さすぎても、バランスがとれませんよね』と、お話をされています。まして、もしかしたら障害があるかもしれない、なんとか『普通の子』の中に入れたいという強い思いがあったのでしょう。

お母さんの社会復帰を願っています。でも、幸多くんは、これからは大好きなお母さんとずっと、永遠に一緒なんですね」

牧師の話

「彼女はそれほどまでに、思いつめていたんですね。教会に求めるものを求めて、人に裏切られたこともあったとは……。牧師も人です。特に弱いものから引き上げられますから、クリスチャンは清廉潔白《せいれんけっぱく》な人ばかりではありません。

神から与えられた人の命を、人の手によって断ち切ってはいけません。それは神との約束です。神との約束を反故《ほご》にしては神に背を向けることと同じです。

しかし、神は愛の神です。すべてに優先して愛があります。一度、神に誓った者は永遠の生命を与えられます。

遠い過去に長崎の殉教者《じゅんきょうしゃ》が踏み絵を踏まされた時、神に涙しながらこの世で愛すべき者のためにその踏み絵を踏んだキリスト者がいました。でも、神はその踏んだ足の痛みもおわかりになります。

神との約束を守れなかったことを、神は、彼女を責めるのではなく、それを反故にした彼女の痛みを、愛によって救ってくれるはずです。全知全能の神は、この世に、そして彼女に、神の御心をなしてくださるでしょう。アーメン」

母の愛へ

幸多の母にとって、教師であった私は無力だったのだろうか。「何か追いつめられる前に相談してくれていたら……」と思うこともあったが、だが相談してくれていたら何ができただろうか。答えはきっと出なかっただろう。

「しょうがい」があるかもしれないと思う母の本当の気持ちが私にわかるだろうか。しかし、無力な言葉だけであったとしても、励まし、「一緒に考えよう」くらいは言えたと思う。

幸多の母は、幸多を疎《うと》んじていたわけではない。むしろ愛しすぎていたのだと思う。社会になじまず、周囲の人たちの視線が集まる幸多を、その母であってもどうしてやることもできなかったのだ。幸多は幸多であり、たとえ母であっても幸多自身がいずれ乗り越えて行く課題だったのだ。

親としては、子どもが転ばないように、足下の石を先に拾ってあげたい気持ちは大きい。しかし、転ぶことで自分で石をよけることを覚える。幸多の母には、その転ぶ幸多を受け入れられない気持ちが大きかった。「幸多、そっちに行くと転んじゃうよ、お母さんのところへおいで」という思いで、幸多に向かって両手をめいっぱい広げたのではないだろうか。

しかし、その時にふと下りてきてしまったとても特別な感情を、いったい誰ならば、止めることができたのだろうか。

めいっぱい広げたその両手で幸多を抱きしめて、母親自身の内側へ抱き込んでしまうその時、誰がその行為を止めることができたのだろうか……。

母としての愛情の注ぎ方はひとそれぞれだろう。どの愛情の注ぎ方にも母の思いがある。

私にいったい何ができたのだろうか……。

何度もそう思うが、そう思いながら、これからもたくさんの「母親」と関わっていく私は、無力だと悲観しながらではなく、それでもなお懸命に向き合っていこうと思う。幸多くんとお母さんの気持ちを忘れずに。

お母さんがクリスチャンだったと聞いたのは、その後の裁判の中でのことだった。十戒の中の「汝《なんじ》、人を殺すなかれ」というくだりは不信心な者にも有名だが、クリスチャンの最大の罪は、十の戒《いまし》めに反するそのことではなく、神に背を向けることだという。

幸多の冥福《めいふく》を祈りたい。

（終）

出版に寄せて（一）

ＮＰＯ法人日本ポーテージ協会顧問　土橋とも子

私が柳田さんと出会ったのは、平成元年八月、東京・神田お茶の水にありました主婦の友社「育児センター21」のポーテージ発達相談室です。当時私はポーテージ認定相談員としてポーテージプログラムによる個別相談に携わっておりましたが、柳田さんは二歳のお子さんの発達に問題を感じて相談に来られました。待っていらっしゃる間、お子さんがぬいぐるみを四つか五つくらい持って走り回り、お母さんが一生懸命追いかけていた姿が、今でも目に浮かびます。

ポーテージプログラムは発達に遅れや偏《かたよ》りのある〇歳からの乳幼児のための親支援プログラムで、主に日常生活の中で親が指導の担《にな》い手となって家庭で行います。月一回ぐらいの相談を始めて間もなく、ご主人の転勤でタイのバンコクに行かれて、それからは郵便による相談となりました。

今のように海外との電話やＳＮＳが発達していませんでしたから、もっぱら郵便による相談でした。こちらからお子さんの発達に応じた課題とそれを達成するまでの手順、方法などを書いてお送りするのですが、それについて二か月おきくらいに、お子さんの様子を便箋《びんせん》十枚ぐらいに書いて送ってくださるのです。それが実に細かく目に浮かぶようで、読んでいて面白いこと、私は毎回とても楽しみにしていましたから、文章をお書きになる才能は既《すで》にお持ちになっていたのでしょう。

帰国なさってからは、早速ことばの遅れを主訴とする親の会「言の葉通信」を立ち上げて活動されました。それから現在までの活躍ぶりは、マスコミにも取り上げられ、多くの方に知られています。一方自分と同じ我が子のことで悩んでいる親子の悩みを社会に訴え、理解を求めるために彼らの代弁者としての活躍もされていらっしゃいました。

今回のこの小説「こうた、もどっておいで」はそんな流れの活動の一つとして、社会に訴えようとするように私には思えます。この小説の中から、親たちの悲痛な叫びが聞こえてきます。このように追い込まれて予想もしなかった人生を孤独に歩んでいる親がいるかもしれません。もっと周りの人々が彼らを理解して、温かく迎え入れてくれたら、道は開けたと思います。

可愛い我が子の発達に問題を感じた時、将来の不安が募ると思いますが、その子どもも一人ひとりの持っている生きる力を信じて、その権利を守り認めてあげましょう。その道を社会が守り、協力しなければなりません。

誰でもが生き生きと生活できる社会であることを願ってやみません。

柳田さんのお子さんは現在三十二歳、お母さんは「今は何の心配もない」という言葉を最近お聞きし、親子のこれまでの素晴らしい努力と成長に拍手を送りたいです。

出版に寄せて（二）

子どもの発達支援を考えるＳＴの会代表　中川信子

「こういう本を待っていた！」

この本の原稿を読ませていただいた時、私は思わずそう独り言を言いました。「こういう本」とは、育てにくい子、発達障害かもしれない子の子育てを内側から描いたもの、という意味です。

この子たちの乳幼児期は大変です。「眠りのリズムがさだまりにくい」「気まぐれに始まり、「かんしゃく・泣きわめきが人並み外れてはげしい」「我《が》が強い」「落ち着きなく動き回る」「親を意識せずどこにでも勝手に行ってしまう」「目が合いにくい」「ことばが遅く、何をしてほしいのか、周りのおとなに伝わらない」「人と遊ぶよりも『モノ』に夢中になる」「気持ちがすれ違う感じがあり、コミュニケーションが取りにくい」など育てにくさのオンパレードであることが多いのです。

世話をする人（お母さん）は、おむつを替え、食事を食べさせ、お風呂《ふろ》に入れるといった、ごくごく普通の世話をするだけで、神経をすり減らし、くたくたになってしまいます。

こういう手のかかる子、育てにくい子たちは昔からいたはずです。でも、世の中がゆったりしていた分、いろいろな子を受け入れてゆく度量があり、親にも体力と気力がありました。おとなの側も毎日の生活で手一杯だったため、子どものことを細かく見てもいられず、それが幸いしていたのかもしれません。

また、ご近所や親戚の誰かれが、適当に子どもを預かってくれたり、子ども同士で遊んだりしていたので、たとえ手のかかる子をもっても、お母さん一人にかかる負担が今よりずっと少なかったのだと思います。

今、手のかかる子、発達障害かもしれない子を持ったお母さんたちは、毎日孤立無援で、山ほどのつらい思いを重ねています。この本の中にも、具体的な生活の場面がたくさん出てきます。

自分の興味のあることだけはよくわかっていたり、「気が向くとできるのに、させようとするとしない」など行動のムラがあり、障害があるとは見えないため、周囲の人に子どもの状態を理解してもらうことが難しく、「親のしつけが悪い」と責められてしまいがちです。日本は、子どもが何かをすると即「親は何をしていた！」と非難するお国柄。親の中でも特に母親に矛先《ほこさき》が向かいます。

育てにくい子を持って自分が助けてほしいのに、かえって周囲から責められる、発達障害の子を持つ親御さんは、二重の苦難を抱えてしまうのです。そして、さらにつらいのは、こういうさまざまな「そだてにくさ」や「こだわり」や「多動」の状態は、〝障害〟に由来するものなのか、発達途上の一過性のものなのか、はっきりしない時期が続くことです。

子どもの発達の初期、二、三歳くらいまでは多かれ少なかれ「困ったチャン」の時期があります。とてつもなくガンコだった子が、三歳過ぎたら別人のように聞き分けがよくなるとか、落ち着きなく動き回っていた子が、一年後には絵本の好きな物静かな子に変身した、などの例は枚挙《まいきょ》にいとまがありません。そのため、一、二歳頃、お医者さんや専門家、知り合いなどに相談しても「心配しすぎだよ」とか「様子を見ましょう」と言われることがほとんどです。

でも、実は親御さんは、赤ちゃんの時から何かがヘンだと気づいていることも多いのです。親御さんたちはそういう宙ぶらりんの時期のことを思い返して、「真綿で首を絞められるようだった」とか、「蛇の生殺し状態だった」と形容なさいます。

実際、「専門家に、障害の可能性を告げられてホッとした」という親御さんも少なくありません。「よかった、障害があったんだ、私の育て方のせいじゃなかった」と思えて気が楽になるからです。

物語の中のお母さんは、我が子を手にかけてしまいます。「何も殺さなくても」とか、「もう少し頑張ればお互いに親子でいてよかったと思える『幸い多い』時期が来ただろうに」などの感想をお持ちになる方もあるかと思います。でも、幸多のような発達障害かもしれない育てにくい子を持った母は、我が子を殺さないまでも、常に追いつめられ、苦しいのです。そこを理解してあげてほしいのです。報われることの少ない子育てに疲れてしまうことより、周囲の冷たいことばや、差別的な視線などと戦うのにとてつもなく大きなエネルギーが必要だからです。

子育て中の親を支える、母を安心させるという視点が我が国では従来あまりにも少なすぎました。その反省にたって、乳幼児健診は子育て支援の要素を強めつつあります。「発達障害者支援法」が定められ、「特別支援教育」の方向が推進され、障害やその可能性のある親と子への支援は前に進んでいます。まだまだ不十分ですが、親子を共に支える社会になってほしいと思います。

作者の柳田節子さんは、「言の葉通信」というグループを十四年以上にわたって主宰されました。「ことばの遅れ」を入り口として、〝障害〟の可能性という不安を持つ親同士が責められることのない守られた場所の中で、本音を出し合い、支え合う貴重な場でした。「言の葉通信」の中のストレートなやりとりを、ご自分も当事者の一人として、常に一番身近に見てきた柳田さんは、苦しみの多い人生を生きることの意味、人と人との関係性、支え合いについて、真剣に問い続けてきたのだと思います。物語の中の母は死によるピリオドに救済を求めました。でも、現実の柳田さんは、「NPO法人ことのはサポート」を立ち上げ、事業所やグループホームを開き、歩みを止めることはありませんでした。

三十二歳になった柳田さんの息子さんは、幸せ多い青年になりました。

今、ほんとうにつらい毎日を送っているたくさんの「こうた」の親御さんたちに、「先の方には必ず光があるよ、いっしょに歩こう」という柳田さんのメッセージが届きますように。

あとがき　―二〇〇六年―

思いがけず『こうた、もどっておいで』が出版される運びとなりました。自分の日頃の思い続けていたことを、稚拙《ちせつ》ですが、あらためて文章にして読んでみると、なんともむずむずしてきます。

私には、都立知的養護学校高等部に在籍している長男がいます。この文章の主人公は、自分と息子だと思っていただいていいと思います。なぜ「こうた」は、生命を絶たれなければいけなかったのか、ということは、文中で読み取っていただけると嬉しいのですが、母親の本性として、我が身に代えても守りたい存在、それを完全無欠に愛するという結論……でも、もしかしたら親のエゴイズムでもあるかもしれません。どんなに愛していても、やはり人の生命を絶ってはいけないと思います。また、どんなにつらくても同じです。人の生命も自分の生命も、です。

自分の子育てを振り返ると、まさに「こうた」の母でした。第三者に「大丈夫」と言われても、「男の子だから」と言われても、自分の心の足しにはなりませんでした。言葉を話さない時期も長く、同年齢集団の中に入るとはっきりわかる違和感。当時は、障害があるとは思ってもいませんでしたが、現在は養護学校に通学しています。軽度発達障害……今、世はまさに「特別支援教育」という動きが活発になっています。この『こうた、もどっておいで』が皆さんの目にとまり、発達障害の子どもを持った親の気持ち、また世間の対応の現実を少しでも知っていただけたら幸いです。そして、周りにも「こうた」やその母のような人がいたら、普通のまなざしを向けてほしいと思います。

今回、この『こうた、もどっておいで』の出版にあたり快くお言葉を寄せていただきました中川信子先生、土橋とも子先生に、感謝致します。

また、最後になりましたが、この本の出版を企画していただき、実行していただきました東京図書出版会様、このような素晴らしい機会を与えてくださいましたこと、そしてそのために惜しみなくご尽力いただき、励ましていただきましたことを御礼申し上げます。

追記　―二〇二〇年　秋―

二〇〇六年から十四年がたちました。その時にこの本を書いた私も還暦《かんれき》を少し過ぎ、今は障害者福祉サービスで知的障害のある方々のための事業所を運営する立場になりました。

「幸多」……それは現実の息子でもあり、イマジネーションの中の男の子でもあります。

二〇二〇年、『こうた、もどっておいで』を再び社会へ出してみます。

さまざまな条例や法律が変化し、社会が変化しました。この本を最初に出した直後、フィクションであるはずのこの本の通りの事件が、とある地域で起きています。また、最近でも、大人になった発達障害の息子を手にかけた初老の父親の事件も報道されました。この十四年の間に何件のこれと同じ事実が起きていたことでしょうか。

あれほど悩んだ小さな息子の子育ては、私の中では終焉《しゅうえん》を迎えたと思っています。

かの「幸多」のモデルでもあった息子は、現在は私の運営する事業所に通所していま す。この十四年の間に、自分で選んだ進路です。

公立中学校の普通の学級から、いきなり地域の都立養護学校へ転校し、高等部を卒業したあとは、地方の私立養護学校専攻科へ進学しました。まだ、高等部卒業後は就職、あるいは事業所へ通所するということが一般的で、「進学」という選択肢はほぼありませんでした。専攻科を卒業して現在に至るまでは、けっこう理不尽なこと、不快な思いを親子ともども経験してきました。

今、運営している事業所は、息子のために作ったのではないのですが、結果として息子の安定した居場所となっています。息子のことを基本として考えてきたら、今の事業所の形態になりました。

かつての「幸多」であった息子は三十二歳になり、母としての私は息子に望むことはただ一つ。人生を全うするまで幸せでいてほしいこと。他にはありません。

「幸多」のおかあさんに言いたい。「大丈夫」と。

今は、「幸多」の母の立場にいるお母さんたちには、「ここにいらっしゃい」と言えるようになりました。悲しい事件はもういりません。「いつも一緒に」……これが、今の事業所のコンセプトです。

私は、息子を育てている時のつらかったこと、悲しかったこと、憤《いきどお》ったことを、時間とともに忘れてしまったと思っていました。けれども、忘れていたわけではなかったことを今日のこの日、思いました。忘れていたのではなく、記憶にフタをしていたのです。思い出さないようにしていたことに気がつきました。記憶の中の小さい息子は、ずっと「幸多」なのでした。

「こうた、もどっておいで……」今も私は言っています。笑顔がいっぱいの三十二歳の息子を前にして……。

『ともに、愛……』
風が吹く　陽があたる
新しい今日の日を
みんなが生きる　今を喜んで
今日も生きる
だから　夢見る人のように

いつでも朗《ほが》らかに
高く　高く　はばたけ
未来は夢　大きくゆけ
光の中へ

おおらかに　のびやかに
いつの日も軽やかに
たとえば知らない誰かと出会って
今日を生きる
そして　愛見る人のように
いつでも健《すこ》やかに
広く　広く　抱きしめ
明日は夢
どこまでも行け
光の中で

光は愛
いつまでも愛
あなたと共に
〈ことのはサポートテーマソング〉

二〇二〇年秋　柳田 節子

著者プロフィール

柳田 節子（やなぎだ せつこ）

1956年、東京都江戸川区に生まれる。

1987年、長男を出産。

1990年、ことばの遅い子を育てる親のためのフォローアップサークル「言の葉通信」を立ち上げる。

2000年、長男（当時13歳）がアスペルガー症候群の診断を受ける。

2003年、「ことのはサポート」がNPO法人として認可を受ける。2015年には東京都の認可を受けて福祉事業所が運営を開始。「いつも一緒に」をコンセプトに多くの人々の幸福な居場所となる事業所を目指している。

2020年現在、NPO法人理事長として活動中。

〈著書〉

『こうた、もどっておいで』（2006年、東京図書出版会）

言の葉通信編『うちの子、ことばが遅いのかな…』（2002年、ぶどう社）

言の葉通信編『ことばの遅い子、学校へ行く』（2002年、ぶどう社）

本書は、2006年に東京図書出版会から発行された『こうた、もどっておいで』に加筆し、再編集したものです。

こうた、もどっておいで 時を経て、二〇二〇

2020年12月15日　初版第1刷発行

著　者　柳田 節子
発行者　瓜谷 綱延
発行所　株式会社文芸社
〒160-0022　東京都新宿区新宿1－10－1
電話　03-5369-3060（代表）
03-5369-2299（販売）

印刷所　株式会社フクイン

ISBN978-4-286-22147-2